LA GUERRA DEL BOSQUE

© 2015, Jaume Copons, por el texto
© 2015, Liliana Fortuny, por las ilustraciones
© 2015, Combel Editorial, SA, por esta edición
Casp, 79 – 08013 Barcelona
Tel.: 902 107 007
combeleditorial.com
agusandmonsters.com

Autores representados por IMC Agencia Literaria SL.

Diseño de la colección: Estudi Miquel Puig

Cuarta edición: septiembre de 2017
ISBN: 978-84-9101-040-1
Depósito legal: B-18368-2015
Printed in Spain
Impreso en Índice, SL
Fluvià, 81-87 – 08019 Barcelona

LA GUERRA DEL BOSQUE

JAUME COPONS &
LILIANA FORTUNY

COMBEL

1

¡DE EXCURSIÓN!

Nos íbamos de excursión. ¡Tres días y dos noches! Y no hace falta que os diga que cuando lo supe, casi me desmayo. Para la gente normal ir de excursión es fantástico, pero… ¿qué haces cuando vives con diez monstruos? ¿Qué se supone que haces con ellos?

Subir a aquel autobús fue fácil, pero antes de que llegara aquel momento tuve que decir y hacer todo tipo de locuras. Por eso os contaré lo que sucedió unos días antes y así veréis cómo fue la cosa.

LO QUE SUCEDIÓ UNOS DÍAS ANTES

Resulta que hacía meses que todo el mundo hablaba de aquella excursión, pero, inexplicablemente, yo no me había enterado de nada.

¡Recordad que el lunes nos vamos de excursión a la granja escuela de Verduria!

¿Una excursión? ¿De qué? ¿Por qué? ¿Cómo?

¿Y qué significa «granja escuela»? ¡Es como decir «restaurante campo de fútbol» o «farmacia discoteca»!

¡Agus, ir de excursión es perfecto!

¿Y qué hago con los monstruos? ¿Cómo vamos a leer por la noche? ¿Y cómo me los llevo? ¿Y si me pongo enfermo y me quedo en casa?

Durante la excursión teníamos que hacer un trabajo de todo lo que veríamos y, por si las cosas no fueran ya lo bastante complicadas, la gran desgracia era que teníamos que hacerlo por parejas. ¿Y con quién me tocó a mí? ¡Pues con Lidia Lines! ¡Con quién si no!

En cuanto llegué a casa, hablé con mis padres para hacerles saber que ir de excursión me parecía una idea horrible. El problema fue que unos días antes llegó una carta de la escuela que dejaba las cosas muy claras.

¿Dices que no quieres ir de excursión? ¡Un poco de responsabilidad, hijo! ¡Un poco de responsabilidad!

¡Agus, me parecería monstruoso que te quedaras en casa!

¿Has dicho monstruoso? ¡Eso ha tenido gracia!

Queridos padres:

Les recordamos que es muy importante que los alumnos asistan a la excursión de tres días a la granja escuela de Verduria. Además de un trabajo complementario de la materia impartida en clase, aprenderán a convivir con sus compañeros. Aprovechamos para saludarles cordialmente y les agradecemos su colaboración.

La Dirección

Mis padres lo dejaron muy claro: me iba de excursión sí o sí. Pero ¿qué haría con los monstruos? Por suerte, ellos mismos lo decidieron.

Aquella noche el Sr. Flat y Pintaca falsificaron la nota de mis padres y el informe del médico. Y, aún no sé cómo, ¡en la escuela se lo creyeron!

Pero aún me quedaban cosas por resolver. Por ejemplo, ir a la biblioteca a buscar libros que no pesaran mucho.

Así estaban las cosas: me iba de excursión, tenía que hacer un trabajo con Lidia y me llevaba a los monstruos y los libros que me había dado Emma, que al final era quien nos acompañaría. Y podría dormir solo gracias a mi supuesta alergia. Pero aún me quedaba oír los consejos de mis padres.

El día que nos íbamos de excursión, en previsión de como pudieran ir las cosas aquella noche, nos levantamos una hora antes para leer un poco. Me extrañó que el Sr. Flat escogiera *Donde viven los monstruos*. No lo sé… Me pasó por la cabeza que a los monstruos tal vez no les gustaría un libro sobre otros monstruos.

El libro de Maurice Sendak me atrapó. Max Record, el protago- nista, es un chaval a quien castigan porque no se porta bien y emprende un viaje que le lleva donde viven los monstruos. ¡Un viaje salvaje!

Cuando acabamos de leer el libro, los monstruos se quedaron inmóviles, como muñecos. Sabían que era muy probable que mi padre entrara en la habitación para dar los buenos días. Y así fue. Yo también me quedé inmóvil, porque aún estaba soñando despierto con las aventuras de Max Record.

2

ON THE ROAD!

Como ya os podéis imaginar, no perdí el autocar. Y no solo no lo perdí, sino que me tocó sentarme con Lidia, que me puso la cabeza como un bombo con sus increíbles y absurdas ideas sobre el maldito trabajo.

Aguantar la paliza de Lidia era insoportable, y encima, debido a las curvas y a la conducción temeraria del conductor, vomité la leche con galletas del desayuno.

Cuando pude parar de vomitar, miré a la carretera para distraerme un poco y aún se me encogió más el estómago: el Dr. Brot y Nap nos estaban avanzando a toda velocidad.

Uaajajajajajaja!

Pero ¿ahora de qué se ríe, Doctor?

¡No lo sé! Pero seguro que a los del autocar mi carcajada no les habrá hecho ninguna gracia.

Encontrar al Dr. Brot en la carretera no ha sido una casualidad.

¿Y ahora qué hacemos?

¡Acabará liándola seguro!

¡Agus, no te preocupes por las cosas que todavía no han sucedido!

Siguiendo los consejos del Sr. Flat, y aprovechando que Lidia dormía, yo también me relajé un poco. Y una hora más tarde el autocar nos dejó en la granja escuela de Verduria.

Cuando llegamos, Emma nos contó uno por uno. No sé qué absurdo razonamiento le hacía pensar que dentro del autocar alguien hubiera podido perderse.

Lo primero que hicimos en la granja escuela fue ir a dejar nuestras mochilas a las habitaciones. Y, a mí, gracias a mi alergia imaginaria a dormir acompañado, me tocó instalarme solo en el desván. Bueno, solo, solo, no.

¡Aquí vamos a estar como reyes!

Pero, una cosa... La nota de mis padres y el informe del médico que falsificasteis, deben de ser ilegales, ¿no?

Por supuesto, Agus. Por supuesto. ¡Totalmente ilegales!

Pero la alegría duró poco. Emma se presentó en el desván para avisar de que íbamos a empezar el trabajo. Y lo primero que íbamos a hacer sería visitar el museo del pueblo.

Para ir al museo tuvimos que ir hasta la plaza de Verduria. Y lo que vimos… Lo que vimos teníamos que haberlo imaginado. En la plaza había un pequeño hotel y el Dr. Brot y Nap estaban en uno de los balcones observando el paisaje.

La directora del museo, que salió a la calle a recibirnos, era la misma persona que nos había recibido en la granja. Ella misma nos contó que, como Verduria era un pueblo muy pequeño, ella ejercía de directora del museo, granjera, alcaldesa, guardia municipal y cocinera de la granja escuela.

No sé si entendí muy bien a la directora, pero como dijo que podíamos preguntar lo que quisiéramos, en ese momento pensé
en algo que me pareció muy importante. Aun así, cuando solté
la pregunta, Lidia y Emma me miraron como si quisieran ma-
tarme.

3

VISITA
AL MUSEO

Empezamos la visita al museo por la sala de la prehistoria, donde vimos los primeros homínidos que vivieron en Verduria.

Visitamos todas las salas del museo y vimos todos los objetos que contenían: herramientas prehistóricas, espadas y escudos medievales, cuadros pintados por los artistas verdurianos... Y, para acabar, visitamos la sala del último duque de Verduria.

El duque de Verduria se dedicó a recoger las costumbres, las canciones y las tradiciones de nuestro pueblo. Para los verdurianos, el duque es un héroe. ¡Esta es su biblioteca personal!

Duque de Verduria.

¡En las bibliotecas me siento como en casa!

Y cuando pensábamos que ya lo habíamos visto todo, la directora nos mostró la pieza más valiosa del museo: una moneda de oro.

Cuenta la leyenda que, en el año del catapún, por culpa de esta moneda, los duendes y las hadas de nuestros bosques se pelearon y, al final, estalló lo que conocemos como la guerra del bosque.

No hace falta que os diga que solo se trata de una leyenda, pero más o menos la cosa fue así...

LA HISTORIA DE LA MONEDA DE ORO DE VERDURIA

Todo empezó el día que un duende y un hada encontraron, justo en el mismo momento, una moneda de oro en medio del bosque.

El duende y el hada empezaron a discutir. Una cosa les llevó a la otra y, de repente, todos los duendes y las hadas del bosque empezaron una guerra terrible.

Inexplicablemente, la cosa no terminó ahí. En pocas horas, los animales del bosque empezaron a enfadarse entre ellos.

Y los enfados y las disputas siguieron extendiéndose hasta llegar al pueblo, donde los vecinos también empezaron a pelearse.

Y así, la guerra entre duendes y hadas fue extendiéndose más allá del bosque y del pueblo.

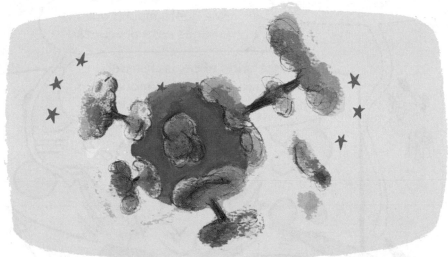

Por suerte, los duendes y las hadas tuvieron un momento de lucidez. Como se dieron cuenta de que todo era por culpa de la moneda de oro, hicieron un pacto y decidieron enterrarla en un lugar secreto. De este modo, la paz regresó a Verduria y al bosque… Y así fue como el mundo dejó de estar en peligro.

Pero si enterraron la moneda en un lugar secreto, ¿qué hace aquí, en el museo?

¡Me gusta mucho que me hagas esta pregunta!

Hace unos años, un famoso arqueólogo encontró la moneda en una excavación y la trajo al museo.

Los abuelos del pueblo suelen decir que cuando la moneda llegó al museo los duendes y las hadas renovaron su pacto...

Pero, evidentemente, todo eso no son más que habladurías y leyendas. ¡No os preocupéis!

Tras las explicaciones de la directora, todo el mundo se puso a trabajar, pero los monstruos y yo nos quedamos allí sin poder dejar de mirar la moneda.

Dos horas más tarde, cuando regresamos a la granja, nos encontramos la cena servida: una sopa asquerosa y un pescado repugnante. Yo no me quejé. Lo único que quería era cenar rápido para subir al desván con mis amigos.

¡Coméoslo todo, que mañana hay trabajo en el bosque!

¡Y tú no te pases toda la noche leyendo!

No, no, no... ¡Pero qué dices!

Args... ¡Qué asco!

¡A mí la comida rural me parece muy interesante!

¡Sí, el pescado sabe a pollo!

En el desván, mientras nos preparábamos para leer, oíamos cómo mis compañeros cantaban las típicas canciones horribles que suele cantar la gente en las excursiones.

El Sr. Flat buscó en la bolsa de los libros y me pasó *El principito*. Y a casi todos nos pareció perfecto.

Ya sé que «extraña», en boca de alguien que vive con diez monstruos, no significa mucho, pero *El principito* me pareció una
historia extraña. Extraña y enigmática.

Me inquietaba aquella amistad entre un aviador que se había
estrellado con su avión en el desierto del Sahara y aquel niño,
el principito, que había recorrido todo tipo de planetas y había
conocido a toda clase de gente.

Cuando leímos la parte en que el aviador explica que de pequeño dibujaba, Pintaca y Brex saltaron de emoción.

El aviador explica que siempre dibujaba una boa que se había comido un elefante, y los adultos solo sabían ver un sombrero y le aconsejaban que dejara de dibujar.

A Pintaca y a Brex lo de la boa no les pareció una tontería. ¡Todo lo contrario!

Me dormí pensando en si Antoine de Saint-Exupéry, el autor de *El principito*, era o no el aviador del cuento, porque él también fue piloto y también tuvo un accidente con su avión en el Sahara. Y aquella noche soñé con el asteroide B612, que era el planeta del principito.

4

RUIDOS EN EL BOSQUE

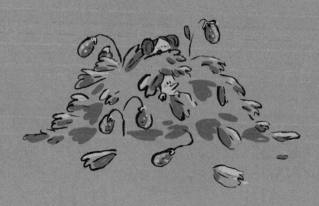

Llevaba dos horas durmiendo cuando me despertaron unos ruidos. Enseguida me di cuenta de que venían del bosque y, cuando miré por la ventana, también vi unos destellos muy extraños.

Solo fue necesario pronunciar el nombre del Doctor para que todos se levantaran ipso facto. Y gracias a un agujero que hizo Hole, pocos minutos más tarde ya estábamos en el bosque.

Oímos un búho ululando, el crujir de unas ramas, nuestros propios pasos… Pero no vimos nada. Hole ya empezaba a hacer un agujero entre las matas de fresas para volver a la granja cuando, de repente, vimos un ser diminuto.

De repente, el duende me miró fijamente. Yo también le miré. Por muy acostumbrado que estuviera a convivir con diez monstruos, ya no sabía si lo que tenía ante mí era un ser real o quizá me estaba volviendo loco.

Aún no me había recuperado de la sorpresa del duende, cuando nos preguntó si habíamos visto algun hada. Y no me pareció que sintiera mucha simpatía hacia ellas.

Por si acaso, seguimos el consejo del duende. Por lo menos lo intentamos, porque cuando Hole empezaba a hacer su agujero, por segunda vez vimos otro pequeño ser.

El hada se fue, pero nosotros nos quedamos allí mirándonos unos a otros. Todos lo vimos claro: hubiera pasado lo que hubiera pasado, era necesario evitar que la guerra de la que hablaba la leyenda volviera a ser una realidad. Pero ¿cómo?

Todavía estábamos discutiendo qué podíamos hacer, cuando dos ejércitos de seres diminutos se nos echaron encima.

Por los pelos, pero conseguimos escapar. Y cuando ya estábamos cerca de la granja, escondidos detrás de unos arbustos, vimos algo que ya podíamos haber imaginado: ¡el Dr. Brot la había liado parda!

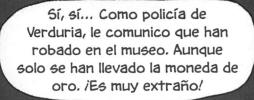

En cuanto logramos volver al desván, decidimos que cuando regresáramos al bosque con Emma y los de la clase, una cosa u otra tendríamos que hacer. Pero eso no era suficiente. Era necesario saber qué se proponía exactamente el Dr. Brot. Por eso Hole y Drílocks se ofrecieron para ir a ver qué pasaba.

Cuando Hole y Drílocks se marcharon, como estábamos demasiado nerviosos para dormir, el Sr. Flat me pasó un libro, *Max y Moritz*. Y de dentro cayó una hoja con dos personajes dibujados. Uno decía «Baraka nu». Y el otro le respondía «Nu baraka». Pensé que algún alumno de la escuela había tomado prestado el libro y sin querer se había olvidado aquella hoja dentro. Y como no sabía qué hacer con ella, acabé dejándola encima de la cama.

¡Qué bestias! Lo primero que hacen Max y Moritz es cargarse cuatro gallinas. Y cuando la vecina las cuece en el horno para aprovecharlas, ¡ellos se las roban y culpan a un pobre chucho!

El Sr. Flat nos recitó *Max y Moritz*, porque era una historia escrita en verso, mientras nos iba enseñando las ilustraciones. Era un libro muy especial. No solo porque estaba escrito en verso, sino también porque las ilustraciones eran muy parecidas a las de los cómics. ¡Y eso que el libro había sido escrito por Wilhelm Busch en 1865!

5

¿REGRESAMOS AL BOSQUE O QUÉ?

Nos despertamos justo cuando Hole y Drílocks llegaban del hotel. Estaban muy excitados porque querían explicarnos todo lo que habían visto y oído antes de que tuviéramos que ir a desayunar.

A medida que Hole y Drílocks fueron explicándonos lo que habían visto y oído, empezamos a preocuparnos de verdad.

LO QUE NOS EXPLICARON DRÍLOCKS Y HOLE

El Dr. Brot y Nap habían robado la moneda después de nuestra visita al museo.

En medio de sus risas alocadas, el Doctor contó a Nap que les había enseñado la moneda a las hadas y también a los duendes. A unos y a otros les había dicho exactamente lo mismo, pero al revés.

Estaba claro: duendes y hadas iban a acusarse unos a otros. El Dr. Brot pretendía que estallara una nueva guerra y que, como ya había sucedido antiguamente, se extendiera por el mundo.

Pero el Dr. Brot aún quería ir más lejos. Pretendía que un duende y un hada entraran en el *Libro de los monstruos*. De este modo, si algún día los monstruos regresaban a su libro, lo encontrarían destrozado.

Ya sabíamos que el Dr. Brot acabaría creándonos problemas, ¡pero no tan bestias! Y, de repente, Ziro, que se había quedado pensativo en un rincón, dio en el clavo:

¡Eh, un momento! ¡Utilicemos la lógica! Si el Dr. Brot quiere que un hada y un duende entren en el libro, eso quiere decir que...

¡Eso quiere decir que el *Libro de los monstruos* tiene que estar por aquí cerca!

¡¡¡El *Libro de los monstruos* está en Verduria!!!

Saber que teníamos cerca el *Libro de los monstruos* hizo que todos nos excitáramos. Por primera vez en mucho tiempo, los monstruos tenían la posibilidad de volver a su casa, al libro de donde habían sido expulsados por el Dr. Brot... Pero había un gran PERO.

*Este es el «gran PERO».

Antes de ir al bosque, tuvimos que desayunar una leche tibia con una capa de nata repulsiva y unas tostadas reblandecidas con un jamón que, por el olor, debía de ser de cerdo extraterrestre.

¡Esa cara es de dormir poco, Agus!

¡No, qué va! ¡He dormido como un tronco! Es por el jamón... ¡Creo que también soy alérgico al jamón!

6

BOSQUE ADENTRO

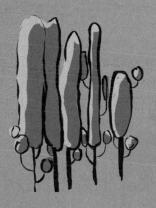

En cuanto llegamos al bosque, dejamos atrás a Lidia y a todos los demás para poder dedicarnos a lo nuestro. Y no habían pasado ni cinco minutos cuando encontramos a dos duendes que cargaban con un tercero que parecía malherido.

Uno de los duendes nos explicó que su compañero malherido era el jefe de los duendes. El pobre había recibido un terrible golpe en la cabeza en plena batalla y, para curarlo, era necesario encontrar una planta llamada tristania.

¡El problema era gravísimo! Solo las hadas sabían cómo entrar en el árbol donde crecía aquella planta, porque resulta que la tristania, por absurdo que parezca, crecía en el interior de un árbol. Y si el agujero se hacía mal o se le hacía daño al árbol, la tristania se marchitaba al instante y ya no servía para nada.

Mientras los duendes descansaban, los monstruos y yo estuvimos discutiendo cómo podíamos ayudar al duende malherido. Y, por supuesto, tuvimos toda clase de ideas.

Costó un poco convencer a Drílocks. El pobre no veía nada claro que pudiera resultar creíble vestido de hada, pero al final cedió. Entonces volvimos corriendo al desván, Emmo se convirtió en una máquina de coser y Brex, aún no se sabe cómo ni dónde, consiguió telas, hilos y tiras de cuero.

Drílocks haría de hada, o más bien de hadas, y Hole haría el agujero en el árbol. ¡Un plan redondo!

Y entonces, de repente, gracias a los vestidos que habían confeccionado Emmo y Brex, y a los arreglos en el pelo que se hizo el propio Drílocks, conseguimos tener unas hadas auténticas.

Estábamos a punto de volver al bosque para presentar «nuestras hadas» a los duendes cuando pasó lo peor que podía pasar. De repente, aparecieron Emma y Lidia. Y aún tuvimos suerte, porque los monstruos se quedaron inmóviles, como si fueran muñecos.

Mientras Emma y Lidia me echaban la bronca, Hole fue a decir a los duendes que nos esperasen allí mismo. Por la noche regresaríamos con un grupo de hadas que los ayudarían.

7

PRESIONADO

Todo se estaba complicando. Mi idea era cenar rápido para ir pronto al desván a leer hasta que todo el mundo estuviera durmiendo, pero Emma me siguió porque quería hablar conmigo.

Mientras intentaba encontrar una excusa que explicara mi comportamiento, tuve la suerte de que Emma viera la hoja que yo había encontrado dentro de *Max y Moritz*. Y, de golpe y porrazo, cambió de tema. Y lo que pasó… Bueno, lo que pasó fue increíble.

Resultó que aquel ejemplar de *Max y Moritz* era de Emma, de cuando era pequeña. Unas semanas atrás había llevado el libro a la biblioteca de la escuela y no se dio cuenta de que dentro del libro había quedado olvidada una hoja que ella misma dibujó cuando tenía mi edad.

¡Increíble es poco! Emma había escrito y dibujado aquella hoja de pequeña. Lo había hecho porque había soñado con unos seres que salían de un libro y se convertían en sus amigos. Según ella, el sueño fue tan real que sus padres tuvieron que convencerla de que había sido un sueño.

Medio aturdido por lo que acababa de pasar, sin saber por qué, cuando Emma salió del desván repetí en voz alta la primera frase de la hoja. Y aunque hacía bastante tiempo que convivía con los monstruos, la sorpresa fue total.

El Sr. Flat me contó que aquellas eran las frases que solían decirse los amigos cuando se encontraban en el *Libro de los monstruos*.

Pero ¿Emma cómo sabe lo de «Baraka nu»?

Bueno, antes de que el Dr. Brot nos echara definitivamente de nuestro libro, habíamos salido muchas veces y...

Entonces... ¿entonces, conocisteis a Emma cuando era pequeña?

¡Sí, claro!

¿Y se puede saber por qué no me habíais dicho nada?

¿Y se puede saber por qué nunca has preguntado nada?

Bueno, ¿qué? ¿Leemos o no leemos?

Sí, como todas las noches, leímos. De la bolsa de libros saqué *Toma el dinero y corre*, de Woody Allen. Me extrañó porque yo pensaba que era un director de cine o algo así. El Sr. Flat me aclaró que, además de ser actor y director, Woody Allen escribía los guiones de sus películas. Y eso es lo que teníamos entre manos: un libro con todas las escenas y los diálogos de una película escrita por Woody Allen y Mickey Rose. Cuando les mostramos el libro a los demás monstruos, se pusieron como locos.

Toma el dinero y corre contaba la historia de un chico, Virgil Starkwell, que tiene vocación de ladrón. Pero en realidad es muy buena persona y además todo le sale mal. A pesar de que Virgil pasa por todo tipo de penalidades, como la obra era una comedia nos moríamos de la risa.

8

REGRESO
AL BOSQUE

Cuando todo el mundo dormía, Hole hizo un agujero para volver al bosque. Anduvimos un buen rato porque no encontrábamos a los tres duendes.

No sé si fue casualidad o qué, pero fue automático. Tan pronto como nos pusimos a dar tumbos desorganizadamente, encontramos a los tres duendes.

¿De verdad que nos vais a ayudar?

¡Sí, claro!

¡Ya os dijimos que volveríamos!

¿Y adónde tenemos que ir para encontrar la tristania?

¡Hacia allí!

Sin perder tiempo, emprendimos la marcha hacia donde se suponía que encontraríamos la planta que salvaría al duende.

No fue rápido, ni fácil. Subimos montañas, las bajamos y las volvimos a subir. Tuvimos que cruzar ríos y praderas. Y nos encontramos con bestias terribles y amenazantes, como babosas, libélulas y hormigas de las gordas.

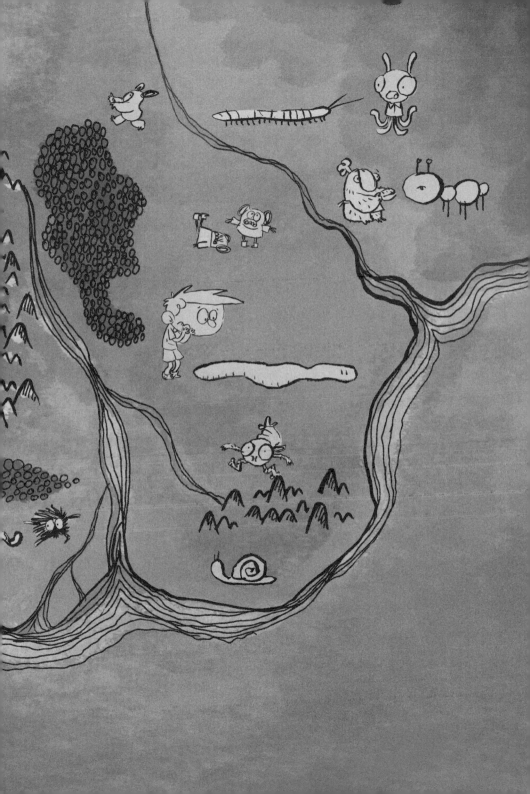

Y, finalmente, nos encontramos ante un árbol inmenso, ¡un baobab! Era imposible saber cómo había llegado hasta allí, pero ahora se entendía mucho mejor aquello de entrar dentro de un árbol. Aun así, no nos precipitamos. Aunque Hole era un experto en agujeros, no dejó nada al azar. Y Ziro le ayudó.

¡Y así fue! Fue exactamente como dijo Hole. Antes de que nadie pudiera darse cuenta, una de nuestras hadas ofrecía la tristania a los duendes.

Los duendes encendieron una hoguera para calentar agua en un cazo. Y, cuando el agua arrancó a hervir, echaron la tristania y la retiraron del fuego. Luego sirvieron la infusión al jefe de los duendes y, al cabo de tres minutos, aquel duende no solo estaba en plenas condiciones físicas y mentales, sino que lo tenía todo clarísimo.

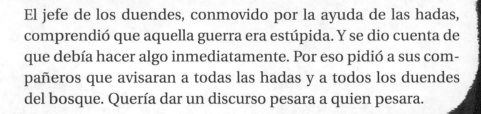

El jefe de los duendes, conmovido por la ayuda de las hadas, comprendió que aquella guerra era estúpida. Y se dio cuenta de que debía hacer algo inmediatamente. Por eso pidió a sus compañeros que avisaran a todas las hadas y a todos los duendes del bosque. Quería dar un discurso pesara a quien pesara.

9

ALGO HABRÁ
QUE HACER

En pocos minutos estábamos rodeados de duendes y hadas. Y entonces, el jefe de los duendes comenzó su discurso.

Hadas y duendes del bosque de Verduria, hemos convivido durante cientos de años. Es cierto que por dos veces hemos estado en guerra. Y las dos veces ha sido por culpa de la moneda de oro. ¿Qué tenemos que hacer, compañeros y compañeras del bosque? ¿Qué tenemos que hacer? Si es necesario, luchemos. ¡Pero luchemos por la paz!

El Sr. Flat tenía razón. Con aquel engaño de Drílocks haciendo de hada y Hole agujereando el baobab habíamos conseguido que hadas y duendes pudieran estar juntos y más o menos tranquilos, pero había llegado el momento de la verdad.

La reina de las hadas explicó que un tipo muy simpático llamado Dr. Brot les había contado que los duendes habían robado la moneda. Por si fuera poco, también les dijo que había comprado la moneda y que, como él era muy buena persona, se la entregaría al día siguiente a primera hora en la granja escuela.

Me tuve que pasar un buen rato contándoles quién era el Dr. Brot y qué pretendía. Pero, por increíble que parezca, lo que realmente sorprendió a las hadas y a los duendes fue la enorme capacidad de Hole para hacer agujeros. Eso superó ampliamente todo lo que les conté.

Cuando conseguí acabar mi explicación, la reina de las hadas tomó la palabra.

Ahora ya sabemos lo que está pasando, ¡pero ya es tarde! Esta mañana los animales del bosque ya se estaban peleando como... como... ¡como animales! Y por la tarde hemos visto que los vecinos de Verduria iban a bofetada limpia.

Tenemos que recuperar la moneda y esconderla en un lugar donde nadie pueda encontrarla. ¡Esa moneda solo nos ha traído problemas y desgracias!

A lo mejor se me está yendo la bola, pero esto de la moneda me recuerda mucho a *El Señor de los Anillos*, de J. R. R. Tolkien, que solo trae con él desgracias y problemas.

Y, por cierto, J. R. R quiere decir John Ronald Reuel.

Estuvimos mucho rato discutiendo cómo organizarnos, pero los efectos de la moneda se notaban y los duendes y las hadas no acababan de entenderse ni de entenderme. Por eso tuve que acabar dejando las cosas claras.

A lo mejor os parece que esta página está en blanco… ¡¡¡No!!! Era yo quien estaba en blanco. A veces, después de haber hecho un gran esfuerzo para que me entiendan, me pasa. Me quedo en blanco, un blanco que no es del todo blanco. No sé cómo explicarlo… Os lo pongo aquí.

Mi blanco

10

ENTRE EL BOSQUE Y LA GRANJA, EL MUSEO

El Sr. Flat no me dejó estar demasiado rato en blanco. ¡Y de dormir, nada! Nos hizo ir directamente al museo, a la sala del duque de Verduria.

Ya sé que estamos cansados, pero tenemos que saber más cosas sobre esa moneda. ¡La moneda es la clave! Y este es el mejor lugar para investigar.

Buscad, buscad... Cualquier pista puede ser útil.

Buscamos incansablemente, libro a libro, hoja a hoja. Bueno, buscábamos todos excepto Octosol, que encontró un viejo cancionero y se puso a cantar. Y, por extraño que pueda parecer, nadie se molestó. Al contrario. Era agradable trabajar con música.

Verduria, Verduria,
Verduria sin furia.
Entre doscientos mil,
el pueblo más gentil.
Rodeado de campos de fresas,
¡por siempre campos de fresas!

No encontrábamos nada, pero, de repente, Octosol se puso a cantar otra canción y todos nos quedamos boquiabiertos al oír la letra.

Corred a buscar al Doctor.
Quitadle la moneda, quitadle la moneda
a ese pedazo de animal.
Si no queréis que todo salga mal,
usad cualquiera de las artes
para partirla en dos partes.
Quitadle la moneda, quitadle la moneda
a ese pedazo de animal.

Corrimos hacia la granja porque ya se estaba haciendo de día. Y allí comprobamos en directo los efectos de la moneda: los verdurianos iban a bofetadas. Mis compañeros, y también Emma, se peleaban a lo bestia. Ante tanta locura, decidimos separarnos para tener más posibilidades de encontrar al Dr. Brot.

Así fue como, de repente, me encontré cara a cara con Lidia. Llevaba una pala en la mano y, tal vez por los efectos de la moneda, me pareció más repelente de lo que ya era. En cualquier caso, aquel encuentro no pronosticaba nada bueno.

¡Menudo golpe! Me quedé tirado en el suelo viendo las estrellas hasta que algunos monstruos que intentaban encontrar al Dr. Brot por la zona me vieron y me socorrieron.

Los monstruos siguieron buscando al Doctor, pero seguro que no lo encontraron porque, justo en ese momento, lo vi ante mí.

Como pude, tambaleándome, me levanté y le planté cara al Dr. Brot.

No se haga ilusiones, Dr. Brot. No va a venir nadie. Ni las hadas ni los duendes. ¡Todo el mundo sabe lo que pretende!

¿Qué? ¡¡¡Mi plan!!! ¡¡¡Qué rabia me dais todos!!!

No se me altere, Doctor, ¡que ya sabe que le sube la presión!

Y entonces el Doctor señaló a izquierda y derecha y me provocó un dilema imposible de resolver.

No sabía qué hacer, pero de repente aparecieron unos cuantos monstruos y decidieron por mí. Se colocaron formando una pared que impedía que el Doctor pudiera ir hacia su derecha, hacia la moneda. Evidentemente, el Dr. Brot y Nap huyeron por su izquierda. Y entonces Octosol gritó con todas sus fuerzas.

Emmo, que estaba situado en el campanario del pueblo, lanzó su famoso rayo de luz, el rayo que hace que la gente lo olvide todo. Era necesario que los que se estaban pegando olvidaran aquella historia. Y, quizás, con suerte, también sería la manera de detener al Dr. Brot.

Cuando Emmo dejó de emitir su rayo, el Dr. Brot y Nap ya habían huido, pero por lo menos todo volvió a la normalidad. Mis compañeros se pusieron a terminar sus trabajos tranquilamente y los vecinos siguieron con su vida como si nada. Todo fue otra vez tan normal que incluso se dieron cuenta de lo que me había pasado.

El médico de la ambulancia fue taxativo: tenía que estar cuarenta y ocho horas en observación y reposo absoluto. Evidentemente, cuando me preguntaron qué me había pasado mentí. Les dije que me había golpeado la cabeza con una viga del corral.

Los monstruos se presentaron con su bolsa para poder viajar conmigo, pero antes deshincharon una rueda de la ambulancia porque era necesario esperar a unos amigos: la reina de las hadas y el jefe de los duendes. Y cuando llegaron, Emmo partió la moneda en dos y dio la mitad a cada uno.

11

OBSERVACIÓN Y RECUPERACIÓN

Cuando la ambulancia llegó a casa, a mis padres casi les dio un ataque de nervios. Pero después, cuando vieron que lo mío no era tan grave, se calmaron un poco. Bueno, solo un poco.

Pero ¿vosotros sabéis lo que son cuarenta y ocho horas en reposo? Tuve suerte de los monstruos, que estuvieron conmigo todas esas horas. No podía leer ni escribir, pero ellos pensaron en algo que sí podíamos hacer: poemas dadaístas.

¡Haremos un poema dadá siguiendo las instrucciones que en su día nos dio Tristan Tzara!

Buscaremos un artículo del periódico.

Recortaremos todas las palabras y las pondremos dentro de una bolsa.

Iremos sacando palabras y, por orden, montaremos un poema. ¡Un poema dadaísta!

Como Agus no puede leer ni escribir, que saque las palabras de la bolsa y yo las iré leyendo y copiando.

Para hacer lo que decía Tristan Tzara escogimos el artículo del periódico que hablaba del robo de la moneda en Verduria. ¡No podíamos haber escogido otro! Y, por increíble que parezca, creamos algunos poemas realmente interesantes.

Este creo que es de los que mejor nos han quedado.

Robada de oro extraño,
moneda de bosque de noche
de nada.
Puerta de museo. Ventana de
día.
De cristal rota una urna.
Peleas por ruidos.
Qué, qué, los vecinos son
campanas.
Pueblo tranquilo.

Aunque con los poemas nos lo habíamos pasado en grande, la verdad es que había cosas que aún no entendía.

Pero ¿por qué no quisiste salvar el *Libro de los monstruos*? ¡Ahora podríais estar en casa!

Sí, nosotros ahora estaríamos en nuestro libro, pero el bosque y el mundo estarían hechos cisco. Nos pasaríamos la vida entera pensando en qué habría sido de ti, de Lidia, de Emma y...

No vale la pena que para ser feliz te lo cargues todo, porque cuando ya te lo has cargado todo resulta que ya no hay manera de ser feliz.

¡Pero qué bien hablas, Ziro!

A veces me costaba un poco entender a los monstruos, pero me gustaba que fueran exactamente como eran.

Al día siguiente, ya recuperado, tuve que ir a la escuela en contra de mi voluntad. Los monstruos me acompañaron por si no acababa de estar recuperado del todo. Y así fue como salí al rellano de la escalera, donde me encontré con Lidia y con el repelente de su padre.

Era normal que nos hubiéramos encontrado, porque Lidia a esa hora también tenía que ir a la escuela, pero lo que pasó entonces no fue ni medio normal.

De repente, me di cuenta de que lo que llevaba Lidia debajo del brazo era el trabajo de la excursión. ¡Claro, tenía que entregarlo! ¡Y yo ni siquiera había pensado en él! Y entonces Lidia y yo mantuvimos una conversación un tanto curiosa.

En medio de aquella conversación estrambótica, me di cuenta de que en la portada del trabajo de Lidia también figuraba mi nombre. Y entonces se me calentó el cerebro y se me taponó la boca de la emoción.

No me podía creer lo que había hecho Lidia. Sí, vale, es un poco pesada y, según cómo, repelente, pero lo que había hecho me había llegado al corazón y, de repente, ya no me parecía tan pesada ni tan repelente.

Decidí darle las gracias. Se lo merecía y era lo mínimo que yo podía hacer, pero cuando abrí la boca, no sé por qué, me salió otra cosa.

¡CUÁNTAS AVENTURAS HEMOS VIVIDO YA! ¡DESCÚBRELAS TODAS!